AF549961

Los niños tontos

Ana María Matute

Los niños tontos

Ana María Matute

Prólogo de María Paz Ortuño Ortín

Ediciones Destino
Colección Áncora y Delfín
Volumen 1696

Ediciones Destino, un sello editorial de Editorial Planeta, S. A.
Avda. Diagonal, 662-664, 08034 Barcelona (España)
www.planetadelibros.com
www.edestino.es

Primera edición en este formato: mayo de 2025
ISBN: 978-84-233-6773-3
Depósito legal: B. 6.867-2025
Composición: Realización Planeta
Impresión y encuadernación: Gómez Aparicio Grupo Gráfico
Printed in Spain - Impreso en España

Prólogo
Esos niños tontos

Los niños tontos fue el primer libro que leí de Ana María Matute y el que me abrió un mundo literario nuevo. Hasta entonces, y como ávida lectora que era, había devorado todo lo que caía en mis manos: Verne, Louisa May Alcott, las Brontë, Walter Scott, Dickens (siempre mi preferido) y algún que otro autor más, como la condesa de Ségur (a la que la pequeña Ana María había leído también). Todos ellos estaban muertos, y yo, que no tenía más de nueve o diez años, pensaba que los autores eran gente del pasado que había escrito estupendos libros, pero que ninguno de ellos vivía —como si para ser escritor hubiera que morir—. Hasta que un verano cayó en mis manos *Los niños tontos*. La autora estaba viva y escribía de una manera diferente. Cuando lo acabé, me dejó tal impresión de belleza e impotencia que no podía dejar de pensar en esos pobres niños. Aunque tengo que reconocer que algunos no los entendí (no era un libro para niños, como repetía una y otra vez Ana María). Pero lo cierto es que esos niños tontos se quedaron para siempre en mi corazón. Y la Matute pasó a estar, en mi mundo, en lo más alto del Olimpo.

Pero en el mundo real la Matute ya estaba en lo más alto. En esa época, finales de los sesenta, había escrito la mayoría de sus novelas y relatos y había recibido los más importantes premios literarios (Café Gijón, Planeta, Nadal, el de la Crítica de Narrativa, Nacional de Literatura, Fastenrath, etc.). Era la escritora más reconocida por la crítica y por un lector siempre fiel. Esa repercusión se notó pronto también en el extranjero: sus obras empezaron a traducirse en numerosos países (veintitrés idiomas en esa época) y era invitada a los principales congresos internacionales (estuvo varias veces nominada al Premio Nobel). Todo esto yo lo descubrí mucho más tarde, entonces solo conocía *Los niños tontos* y buscaba ansiosa otros libros.

¿Qué importancia tiene este libro en la obra de Matute? Para empezar, es un libro de «relatos», y los relatos ocupan una gran parte de su actividad creativa. El grueso de su producción, que se concentra en las décadas de 1950 y 1960, va alternando la publicación de novelas con la de cuentos, con los que entró en la lista de los mejores cuentistas de la literatura española. Siempre le gustó escribir cuentos. Su universo literario se había formado escuchando los que les contaban la tata Anastasia y la cocinera Isabel y leyendo aquellos maravillosos libros de cuentos de hadas, con sus cubiertas rojo y oro, que su padre le había regalado de pequeña y que la acompañaron siempre (Andersen, Perrault, los hermanos Grimm, *Peter Pan*, etc.). Con ellos se quedaba extasiada también contemplando los excelentes dibujos de Arthur Rackham, al que luego con gran maestría imitaba. Las palabras y los dibujos estuvieron siempre presentes para expresar su mundo literario. Matute no dejó nunca de escribir y de dibujar.

Ana María había compuesto cuentos desde muy pequeña (de hecho, se conservan relatos escritos e ilustrados por ella a los cinco años). Y un cuento fue también lo primero que vio publicado. Lo que siempre había anhelado, ver sus nombre en letras de imprenta, se cumplió a finales de mayo de 1947 cuando el semanario *Destino* incluyó entre sus páginas «El chico de al lado»; a partir de esa fecha llegaron muchos otros. Empezó a escribir con regularidad para esa revista, y posteriormente también para *Garbo*, relatos y artículos. La mayoría de ellos se recogieron después en forma de libro (de ahí salieron *El tiempo* [1957], *Historias de la Artámila* [1961], *El arrepentido y otras narraciones* [1967] y otros). *Los niños tontos* fue su primer libro de relatos, pero la diferencia con relación a esos otros cuentos es que lo escribió como una unidad. Un conjunto muy pensado. Y en un género inédito en aquella época. Son relatos cortos, algunos de no más de media página (lo que hoy llamaríamos microrrelatos). Fue, pues, Ana María pionera en este género, en el que la esencia del cuento se lleva a su mínima expresión. Ella definía el cuento como una naranja: redonda y llena de jugo. Y así son cada uno de sus relatos.

Pero cuando aparecieron *Los niños tontos*, la crítica no sabía dónde clasificarlos, ¿eran cuentos, poemas en prosa, semblanzas poéticas? «Sí, tienen mucho de poemas —contaba Ana María—, pero no lo son. Cuentos tampoco; son ¡niños tontos! No se les puede llamar de otra manera. Yo decía: "Voy a escribir un niño tonto" mientras estaba esperando en el dentista, en el médico, aguardando a mi marido en un bar.

De esas esperas iban surgiendo esos niños tontos, que de tontos no tenían ni un pelo.» Eran niños marginales que por su fealdad, ineptitud, miedo o diferencia no eran como los demás y se los consideraba tontos.

La extrañeza, como hemos dicho, de la crítica ante este libro y el hecho de que los protagonistas fueran niños hizo que se consideraran cuentos infantiles. Esto era algo que molestaba mucho a la autora, y en una de las ediciones ilustradas mandó poner una faja que rezaba: ¡ESTE NO ES UN LIBRO PARA NIÑOS!, para que nadie se llevara a engaño.

La edición que ahora se presenta tiene algo muy valioso: material inédito. Por primera vez desde la publicación de su última novela vamos a poder leer unos relatos nuevos de Matute, una excelente manera de conmemorar el centenario del nacimiento de la escritora, que se celebra este año 2025.

Pero ¿por qué no se incluyeron estos relatos en la primera edición?, ¿de dónde han salido? La historia comienza con la censura. Antes de la publicación, este libro, como todos en aquella época, tuvo que someterse al informe de la censura. El 1 de diciembre de 1956 se presentaron las pruebas de imprenta: los veintidós relatos que componían el conjunto. Se realizó un primer informe no muy positivo: «Poemas en prosa muy bien escritos; es lástima que en la mayoría de ellos impere el "tremendismo" aplicado a los niños. Son verdaderas pesadillas», o sea, que eran «impropios de niños» (poco había entendido la censora, porque el libro era para adultos). Uno de los relatos, «El niño que era amigo del demonio», se tachó sin más por las connotaciones que podía tener. Como cuenta Francisca Montiel (en un monográfico de la revista *Ínsula*), hubo un segundo informe, una semana después, más favorable, pero para evitar problemas con la censura (ya los había tenido con *Luciérnagas*, que no obtuvo el permiso para su publicación, y se publicó con otro nombre y totalmente mutilada) se eliminó un cuento, «El ahogadito», por «inconveniente para los niños que pueden sentir deseos de imitarle». El libro vio la luz con veintiún relatos en la editorial Arión (como primer título de la colección La Realidad y el Sueño) de Madrid ese mismo mes de diciembre de 1956. Iba ilustrado con dibujos del director de cine Miguel

Lluch, que tampoco gustaron a la censura (los consideraron «de muy mal gusto»).

De esta manera, la edición actual se compone, por primera vez, de veintitrés relatos: los veintidós iniciales que se enviaron a la censura (es decir, se recupera «El ahogadito» en la posición en que Matute lo incluyó) y uno que la autora había dado a conocer en la revista *Índice de las Artes y de las Letras* en mayo de 1953. Toda una primicia de lo que sería tres años después el conjunto de los relatos. En *Índice* aparecieron tres cuentos bajo el título «Tres historias de niños tontos» («El negrito de los ojos azules», «El otro niño tonto» y «El niño que encontró un violín en el granero»); el primero y el tercero se incluyeron en todas las ediciones, pero el segundo no volvió a publicarse hasta hoy.

Ana María no quiso escribir nunca más ningún *niño tonto*, decía que el conjunto estaba completo. Aunque sí que desarrolló alguno de ellos en cuentos más largos, por ejemplo, «El corderito pascual» se convirtió en «El amigo» y se incluyó en *El tiempo* (1957).

La mayoría de los cuentos lleva las palabras *niño* o *niña* en el título. Ninguno de los protagonistas (salvo Zum-Zum, de «El niño que encontró un violín en el granero») tiene nombre. Lo que ocurre no le pasa a un niño en particular, sino que representa toda una galería de niños y de niñas *especiales*, sin nombre, sin un lugar o tiempo concreto, que por una u otra causa se ven rechazados o abandonados, o se marginan a sí mismos. A veces por defectos físicos («La niña fea», «El negrito de los ojos azules», que es ciego, «El jorobadito»), por celos («El niño de los hornos»), por enfermedad («El árbol», «El mar»), por estar metidos en su propio mundo («El incendio», «La sed y el niño»). A veces porque se les rompen las ilusiones («El año que no llegó», «El niño del cazador»), o están discriminados por extracción social («El hijo de la lavandera», el dickensiano niño de «El escaparate de la pastelería»), por ser diferentes («El otro niño»), porque son el objetivo de la crueldad de la gente («El niño que no sabía jugar») o porque, sin más, han perdido la infancia («La niña que no estaba en ninguna parte», «El niño al que se le murió el amigo»). Tienen estos cuentos un denominador común: el mundo de la infancia no es un mundo feliz; y son, como toda su obra, atemporales: la situación no ha cambiado demasiado, porque hoy en día se sigue marginando, acosando o rechazando al que no es como nosotros.

La infancia es lo que mejor ha sabido transmitir Matute. A través de la mirada del niño y del adolescente, náufrago entre dos mundos, nos descubre esa etapa «que dura más que la vida», porque Ana María siempre estuvo dotada para conmover y despertar los sentimientos más adormecidos. Es cierto que todos estos cuentos están llenos de lirismo, a veces juega con las sensaciones (colores, olores, cambios en la naturaleza), pero esa poesía se conjuga con la dureza. La belleza, la ternura se transforman en muerte, amargura. Desilusión. Como si para disfrutar de ese lirismo hubiera que pagar un alto precio. Ninguno de los relatos deja indiferente, se siente la emoción, la compasión, pero también la rabia ante la crueldad, la impotencia ante la injusticia o la incomprensión. Esos niños tontos son toda una galería de niños marginales, buenos, crueles, enfermos…, que por una u otra causa se ven rechazados, abandonados. Solos.

Espero que tras la lectura de este libro algún niño tonto les robe el corazón.

María Paz Ortuño Ortín
Barcelona, febrero de 2025

LOS NIÑOS TONTOS

La niña fea

La niña tenía la cara oscura y los ojos como endrinas. La niña llevaba el cabello partido en dos mechones, trenzados a cada lado de la cara. Todos los días iba a la escuela con su cuaderno lleno de letras y la manzana brillante de la merienda. Pero las niñas de la escuela le decían: «Niña fea»; y no le daban la mano, ni se querían poner a su lado, ni en la rueda ni en la comba: «Tú vete, niña fea». La niña fea se comía su manzana, mirándolas desde lejos, desde las acacias, junto a los rosales silvestres, las abejas de oro, las hormigas malignas y la tierra caliente de sol. Allí nadie le decía: «Vete». Un día, la tierra le dijo: «Tú tienes mi color». A la niña le pusieron flores de espino en la cabeza, flores de trapo y de papel rizado en la boca, cintas azules y moradas en las muñecas. Era muy tarde, y todos dijeron: «Qué bonita es». Pero ella se fue a su color caliente, al aroma escondido, al dulce escondite donde se juega con las sombras alargadas de los árboles, flores no nacidas y semillas de girasol.

El niño que era amigo del demonio

Todo el mundo, en el colegio, en la casa, en la calle, le decía cosas crueles y feas del demonio, y él lo vio en el infierno de su libro de doctrina, lleno de fuego, con cuernos y rabo ardiendo, con cara triste y solitaria, sentado en la caldera. «Pobre demonio —pensó—, es como los judíos, que todo el mundo los echa de su tierra.» Y, desde entonces, todas las noches decía: «Guapo, hermoso, amigo mío» al demonio. La madre, que lo oyó, se santiguó y encendió la luz: «Ah, niño tonto, ¿tú no sabes quién es el demonio?». «Sí —dijo él—, sí: el demonio tienta a los malos, a los crueles. Pero yo, como soy amigo suyo, seré bueno siempre, y me dejará ir tranquilo al cielo.»

Polvo de carbón

La niña de la carbonería tenía polvo negro en la frente, en las manos y dentro de la boca. Sacaba la lengua al trozo de espejo que colgó en el pestillo de la ventana, se miraba el paladar, y le parecía una capillita ahumada. La niña de la carbonería abría el grifo, que siempre tintineaba, aunque estuviera cerrado, con una perlita tenue. El agua salía fuerte, como chascada en mil cristales contra la pila de piedra. La niña de la carbonería abría el grifo del agua los días que entraba el sol para que el agua brillara, para que el agua se triplicase en la piedra y en el trocito de espejo. Una noche, la niña de la carbonería despertó porque oyó a la luna rozando la ventana. Saltó precipitadamente del colchón y fue a la pila, donde a menudo se reflejaban las caras negras de los carboneros. Todo el cielo y toda la tierra estaban llenos, embadurnados del polvo negro que se filtra por debajo de las puertas, por los resquicios de las ventanas, mata a los pájaros y entra en las bocas tontas que se abren como capillitas ahumadas. La niña de la carbonería miró a la luna con gran envidia. «Si yo pudiera meter las manos en la luna», pensó. «Si yo pudiera lavarme la cara con la luna, y los dientes, y los ojos.» La niña abrió el grifo, y, a medida que el agua subía, la luna bajaba, bajaba, hasta chapuzarse dentro. Entonces la niña la imitó. Estrechamente abrazada a la luna, la madrugada vio a la niña en el fondo de la tina.

El negrito de los ojos azules

Una noche nació un niño.

Supieron que era tonto porque no lloraba y estaba negro como el cielo. Lo dejaron en un cesto, y el gato le lamía la cara. Pero, luego, tuvo envidia y le sacó los ojos. Los ojos eran azul oscuro, con muchas cintas encarnadas. Ni siquiera entonces lloró el niño, y todos lo olvidaron.

El niño crecía poco a poco dentro del cesto, y el gato, que le odiaba, le hacía daño. Mas él no se defendía, porque era ciego.

Un día llegó a él un viento muy dulce. Se levantó, y con los brazos extendidos y las manos abiertas, como abanicos, salió por la ventana.

Fuera, el sol ardía. El niño tonto avanzó por entre una hilera de árboles, que olían a verde mojado y dejaban sombra oscura en el suelo. Al entrar en ella, el niño se quedó quieto, como si bebiera música. Y supo que le hacían falta, mucha falta, sus dos ojos azules.

—Eran azules —dijo el niño negro—. Azules, como chocar de jarros, el silbido del tren, el frío. ¿Dónde estarán mis ojos azules? ¿Quién me devolverá mis ojos azules?

Pero tampoco lloró, y se sentó en el suelo. A esperar, a esperar.

Sonaron el tambor y la pandereta, los cascabeles, el frufrú de las faldas amarillas y el suave rastreo de los pies descalzos. Llegaron dos gitanas con un oso grande. Pobre oso grande, con la piel agujereada. Las gitanas vieron al niño tonto y negro. Le vieron quieto, las manos en las rodillas, las cuencas de los ojos rojas y frescas, y no le creyeron vivo. Pero el oso, al mirar su cara negra, dejó de bailar. Y se puso a gemir y llorar por él.

Las gitanas hostigaron al animal: le pegaron, y lo maldijeron sus palabras de cuchillo. Hasta que sintieron en el espinazo un aliento de brujas y se alejaron con pies de culebra. Ataron una cuerda al cuello del oso y se lo llevaron a rastras, llenas de polvo.

Cayeron todas las hojas de los árboles, y, en lugar de la sombra, bañó al niño tonto el color rojo y dorado. Los troncos se hicieron negros y muy hermosos. El sol corría carretera adelante cuando apareció, a lo lejos, un perro color canela que no tenía dueño. El niño sintió sus pasos cerca y creyó oír que le daba vueltas a la cola, como un molino. Pensó que estaba contento.

—Dime, perro sin amo, ¿viste mis dos ojos azules?

El perro puso las patas en sus hombros y lamió su cabeza de uvas negras. Luego, lloró largamente, muy largamente. Sus ladridos se iban detrás del sol, ya escondido en el país de las montañas.

Cuando volvió el día, el niño dejó de respirar. El perro, tendido a sus pies toda la noche, derramó dos lágrimas. Tintinearon, como pequeñas campanillas. Acostumbrado a andar en la tierra, con las uñas hizo un hondo agujero que olía a lluvia y a gusanitos partidos, a mariquitas rojas punteadas de negro. Escondió al niño dentro. Bien escondido, para que nadie, ni los ocultos ríos, ni los gnomos, ni las feroces hormigas, le encontraran.

Llegó el tiempo de los aguaceros y del aroma tibio, y florecieron dos miosotis gemelos en la tierra roja del niño tonto y negro.

El otro niño tonto

El otro niño tonto vivía al extremo de la calle. Había una maceta de geranios muy roja, y el niño salía todas las mañanas a la ventana, para ver la flor y tocarla: porque se quería pintar las puntas de los dedos y las rodillas. Se ponía pétalos en los labios, y entraba otra vez, riéndose, para que lo viera su madre. Ella lo cogía entonces y lo frotaba con agua, y él se comía la esponja con todas sus cuevecitas que hacían toser, como si fuera un pulmón.

A la tarde bajaba al río y tiraba piedras, porque quería romper la luna que había dentro del agua. Después, llegaban por la esquina los perros negros y el viento, y el niño tonto se iba temblando a casa.

Subía despacio la escalera, y cada escalón era un ataúd con un muertecito dentro que chillaba al sentir sus pies encima.

Arriba, la madre ya tenía preparada la cena, que era un charquito blanco y brillante. El niño tonto quería beberse la luz de las bombillas. Y, solo cuando estaba a oscuras, dentro de su cama, sentía que la sed se le acababa poco a poco y entraba en una zona de sombra y de ríos que no se sabe a dónde van. Y nada importaba la luna, ni los perros, ni el viento, ni la madre.

El año que no llegó

El niño debía cumplir un año. Salió a la puerta y miró el borde de las cosas, donde se puso una luz de color distinto a todo. «Voy a cumplir un año, esta noche, a las diez», dijo. La luz se hizo más viva, extendiéndose, llenando la corteza del cielo. El niño tendió los brazos y empezó a andar, torpemente. Tenía, sujeto a cada pie, un saquito de arena dorada. Oyó el grito estridente de los vencejos. Subían, como una salpicadura de tinta, hacia aquella luz hermosa. «Voy a cumplir un año, esta noche, a las diez.» Pero el grito de los vencejos agujereó la corteza de luz, el color que era distinto a todas las cosas, y aquel año, nuevo, verde, tembloroso, huyó. Escapó por aquel agujero, y no se pudo cumplir.

El incendio

El niño cogió los lápices color naranja, el lápiz largo amarillo y aquel por una punta azul y por la otra rojo. Fue con ellos a la esquina y se tendió en el suelo. La esquina era blanca, a veces la mitad negra, la mitad verde. Era la esquina de la casa, y todos los sábados la encalaban. El niño tenía los ojos irritados de tanto blanco, de tanto sol cortando su mirada con filos de cuchillo. Los lápices del niño eran naranja, rojo, amarillo y azul. El niño prendió fuego a la esquina con sus colores. Sus lápices —sobre todo aquel de color amarillo, tan largo— se prendieron de los postigos y las contraventanas, verdes, y todo crujía, brillaba, se trenzaba. Se desmigó sobre su cabeza en una hermosa lluvia de ceniza, que le abrasó.

El hijo de la lavandera

Al hijo de la lavandera le tiraban piedras los niños del administrador porque iba siempre cargado con un balde lleno de ropa, detrás de la gorda que era su madre, camino de los lavaderos. Los niños del administrador silbaban cuando pasaba y se reían mucho viendo sus piernas, que parecían dos estaquitas secas, de esas que se parten con el calor, dando un chasquido. Al niño de la lavandera daban ganas de abrirle la cabeza pelada, como un melón-cepillo, a pedradas; la cabeza alargada y gris, con costurones, la cabeza idiota, que daba tanta rabia. Al niño de la lavandera un día le bañó su madre en el barreño y le puso jabón en la cabeza rapada, cabeza-sandía, cabeza-pedrusco, cabeza-cabezón-cabezota, que había que partírsela de una vez. Y la gorda le dio un beso en la monda lironda cabezorra, y allí donde el beso, a pedrada limpia le sacaron sangre los hijos del administrador, esperándole escondidos, detrás de las zarzamoras florecidas.

El árbol

Todos los días, cuando volvía del colegio, el niño que soñaba miraba aquella gran ventana del palacio. Dentro de la ventana había un árbol. El niño no lo podía comprender, y ni siquiera en sueños podía explicárselo. Alguna vez le decía a su madre: «En ese palacio, dentro de la habitación, al otro lado del cristal de la ventana, tienen un árbol». La madre le miraba con ojos serios y fijos. De pronto, parecía que tenía miedo, y le ponía la mano en la cabeza: «No importa, niño», le decía. Pero el recuerdo del árbol perseguía al niño fuera de sus sueños. «Vi el árbol ayer por la mañana y ayer por la tarde, dentro de la habitación. Los de ese palacio tienen un árbol en el centro de la sala. Yo lo he visto. Es el árbol gemelo del que vive en la acera, dentro de su cuadrito de tierra, entre el cementó. Sí, madre, es el árbol gemelo, los vi ayer hacerse muecas con las ramas.» Como no podía ya pensar en otra cosa, hasta sus sueños le abandonaron. Cuando llegaron los días sin mañana, sin tarde, ni noche, cuando la mano de la madre se quedaba mucho rato en su frente para frenar su pensamiento, el niño buscaba afanosamente en el suelo de su cuartito y debajo de la cama: «Tal vez el árbol me vaya buscando por debajo de la tierra, y vaya empujando la tierra, y me encuentre». El miedo de la madre le llegaba al niño a la garganta y sus dientes castañeteaban. «No importa, niño.»

Por fin, un día, vino la noche. Entró en el cuarto y se lo llevó todo. «Madre, qué árbol tan grande», dijo el niño, perdido entre sus ramas. Pero ni siquiera oía ya la voz que repetía: «No importa, niño, no importa».

El niño que encontró un violín en el granero

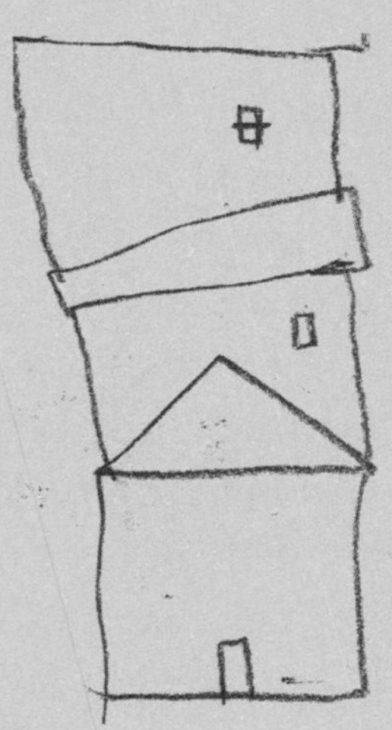

Entre los hijos del granjero había uno de largos cabellos dorados, curvándose como virutas de madera. Nadie le oyó hablar nunca, pero tenía la voz hermosa, que no decía ninguna palabra, y, sin embargo, se doblaba como un junco, se tensaba como la cuerda de un arco, caía como una piedra, a veces; y otras parecía el ulular del viento por el borde de la montaña.

A este niño le llamaban Zum-Zum. Nadie sabía por qué, como, quizás, ni la misma granjera —siempre atareada de un lado para otro, siempre con las manos ocupadas— sabía cuándo llegó el muchacho al mundo. Zum-Zum no hacía caso de nadie. Si le llamaban los niños, se alejaba, y los niños pensaban que creció demasiado para unirse a sus juegos. Si los hermanos mayores le requerían, también Zum-Zum se alejaba, y todos pensaban que aún era demasiado pequeño para el trabajo. A veces, entre sus quehaceres, la granjera levantaba la cabeza y le veía pasar, como el rumor de una hoja. Se fijaba en sus pies sin zuecos, y se decía: «Cubriré esos pies heridos. Debo cubrirlos para que no los corte la escarcha, ni los enlode la lluvia, ni los muerdan las piedras». Pero luego Zum-Zum se alejaba, y ella olvidaba, entre tantos muchachos, a cuál debía comprar zuecos. Si se ponía a contarlos con los dedos, las cuentas salían mal al llegar a Zum-Zum: ¿entre quiénes nació?, ¿entre Pedro y Juan?, ¿entre Pablo y José? Y la granjera empezaba de nuevo sus cuentas hasta que llegaba el olor del horno y corría precipitadamente a la cocina.

Una tarde, Zum-Zum subió al granero. Fuera había llovido, pero dentro se paseaba el sol. Al borde de la ventana vio gotitas de agua, que brillaban y caían, con tintineo que le llenó de tristeza. Había también una jaula de hierro, y dentro un cuervo, atrapado por los muchachos mayores. El cuervo negro empezó a saltar, muy agitado, al verle. En una esquina dormía el perro, que levantó una oreja.

—¡Ya está aquí! —chilló el cuervo, desesperado—. ¡Ya está aquí, para mirar y escuchar!

—Nació una tarde como esta —dijo el perro, en cuyo lomo había muchos pelos blancos.

Zum-Zum miró en derredor con sus claros y hondos ojos, y luego empezó a buscar algo. Sabía que debía buscar algo. Había mazorcas de maíz y manzanas, pero él buscaba en los rincones oscuros. Al fin lo encontró. Y, a pesar de que su corazón se llenaba de una gran melancolía, lo tomó en sus manos. Era un viejo violín, lleno de polvo, con las cuerdas rotas.

—De nada sirve el violín si no tiene voz —dijo el cuervo, saltando y golpeándose con los barrotes.

Zum-Zum se sentó para anudar las cuerdas, que se retorcían hurañamente.

—No te hagas daño, niño —dijo el perro—. El violín perdió su voz hace unos años, y tú apareciste en la granja, pobre niño tonto. Lo recuerdo, porque soy viejo y mi lomo está cubierto de pelos blancos.

El cuervo estaba enfadadísimo:

—¿Para qué sirve? Es grande para jugar, es pequeño para el trabajo. Como persona, no sirve para gran cosa.

El perro bostezó, se lamió tristemente las patas y miró hacia Zum-Zum, con ojos llenos de fatalidad.

Zum-Zum arregló las cuerdas del violín y bajó la escalera. El perro le siguió.

Abajo, en el patio, estaban reunidos todos los muchachos y muchachas de la granja. Al ver a Zum-Zum las muchachas dijeron:

—¡Canta, niño tonto! Canta, que queremos escucharte.

Pero Zum-Zum no abrió los labios, de pronto cerrados, como una pequeña concha rosada y dura. Dio el violín al hermano mayor y esperó. Miraba con ojos como pozos hondos y muy claros. El hermano mayor dijo:

—No me mires, niño tonto. Tus ojos me hacen daño.

Sentían tal deseo de oír música que, con pelos de la cola del caballo, el hermano mayor hizo un arco. También el caballo clavó en él sus ojos, negros y redondos. Y eran suplicantes, como los del niño y como los del perro. Parecían decir: «¡Oh, si no hicieras eso! Pero es preciso, es fatal que lo hagas».

El hermano se fue de aquellos ojos y empezó a tocar el violín. Salió una música aguda, una música terrible. Al hermano mayor le pareció que el violín se llenaba de vida, que cantaba por su propia cuenta.

—¡Es la voz de Zum-Zum, del pobre niño tonto! —dijeron las muchachas.

Todos miraron al niño tonto. Estaba en el centro del patio, con sus pequeños labios duros y rosados, totalmente cerrados. El niño levantó los brazos y cada uno de sus dedos brillaba bajo el pálido sol. Luego se curvó, se dobló de rodillas y cayó al suelo.

Corrieron todos a él, rodeándole. Le cogieron. Le tocaron la cara, los cabellos de color de paja, la boca cerrada, los pies y las manos, blandos.

En la ventana del granero, el cuervo, dentro de su jaula, aleteaba furiosamente. Pero una risa ronca lo agitaba.

—¡Oh! —dijeron todos, con desilusión—. ¡Si no era un niño! ¡Si solo era un muñeco!

Y lo abandonaron. El perro lo cogió entre los dientes y se lo llevó, lejos de la música y del tonto baile de la granja.

El escaparate de la pastelería

El niño pequeño, de los pies descalzos y sucios, soñaba todas las noches que entraba dentro del escaparate. Tras el cristal había tartas de manzana, guindas rojas y salsa de caramelo, que brillaba. Aquel niño pequeño iba siempre seguido de un perro descolorido, delgado. Un perro de perfil.

Una noche, el niño se levantó con ojos extrañamente abiertos. Los ojos de aquel niño estaban barnizados de almíbar, y su boca tenía dientecillos agudos, ansiosos.

Llegó al escaparate y apoyó la frente en el cristal, que estaba frío. Sintió gran desolación en las palmas de las manos. Todo estaba apagado, y nada veía. Pero aquel niño sonámbulo volvió a su choza con las redondas pupilas, de color de miel y azúcar tostado, muy abiertas.

El sol llegó, grande, y el niño lo vio entrar. No podía cerrar los ojos y suspiraba. En aquel momento una señora caritativa asomó la cabeza por la puerta. Traía un cazo lleno de garbanzos que le habían sobrado.

—Yo no tengo hambre. Yo no tengo hambre —dijo el niño. Y la señora caritativa, escandalizada, se fue a contarlo a todo el mundo. «Yo no tengo hambre», repitió el niño, interminablemente.

El flaco perrillo se marchó de allí, con el corazón oprimido. Volvió, trayendo en la boca un trozo de escarcha, que brillaba al sol como un gran caramelo. El niño lo chupó durante toda la mañana, sin que se fundiera en su boca fría, con toda la nostalgia.

El otro niño

Aquel niño era un niño distinto. No se metía en el río, hasta la cintura, ni buscaba nidos, ni robaba la fruta del hombre rico y feo. Era un niño que no amaba ni martirizaba a los perros, ni los llevaba de caza con un fusil de madera. Era un niño distinto, que no perdía el cinturón, ni rompía los zapatos, ni llevaba cicatrices en las rodillas, ni se manchaba los dedos de tinta morada. Era otro niño, sin sueños de caballos, sin miedo de la noche, sin curiosidad, sin preguntas. Era otro niño, otro, que nadie vio nunca, que apareció en la escuela de la señorita Leocadia, sentado en el último pupitre, con su juboncillo de terciopelo malva, bordado en plata. Un niño que todo lo miraba con otra mirada, que no decía nada porque todo lo tenía dicho. Y cuando la señorita Leocadia le vio los dos dedos de la mano derecha unidos, sin poderse despegar, cayó de rodillas, llorando, y dijo: «¡Ay de mí, ay de mí! ¡El niño del altar estaba triste y ha venido a mi escuela!».

La niña que no estaba en ninguna parte

Dentro del armario olía a alcanfor, a flores aplastadas, como ceniza en laminillas. A ropa blanca y fría de invierno. Dentro del armario una caja guardaba zapatitos rojos, con borla, de una niña. Al lado, entre papel de seda y naftalina, estaba la muñeca, grandota, con mofletes abultados y duros, que no se podían besar. En los ojos redondos, fijos, de vidrio azul, se reflejaba la lámpara, el techo, la tapa de la caja y, en otro tiempo, las copas de los árboles del parque. La muñeca, los zapatos, eran de la niña. Pero en aquella habitación no se la veía. No estaba en el espejo sobre la cómoda. Ni en la cara amarilla y arrugada, que se miraba la lengua y se ponía bigudíes en la cabeza. La niña de aquella habitación no había muerto, mas no estaba en ninguna parte.

El tiovivo

El niño que no tenía perras gordas merodeaba por la feria con las manos en los bolsillos, buscando por el suelo. El niño que no tenía perras gordas no quería mirar al tiro al blanco, ni a la noria, ni, sobre todo, al tiovivo de los caballos amarillos, encarnados y verdes, ensartados en barras de oro. El niño que no tenía perras gordas, cuando miraba con el rabillo del ojo, decía: «Eso es una tontería que no lleva a ninguna parte. Solo da vueltas y vueltas, y no lleva a ninguna parte». Un día de lluvia, el niño encontró en el suelo una chapa redonda de hojalata; la mejor chapa de la mejor botella de cerveza que viera nunca. La chapa brillaba tanto que el niño la cogió y se fue corriendo al tiovivo para comprar todas las vueltas. Y aunque llovía y el tiovivo estaba tapado con la lona, en silencio y quieto, subió en un caballo de oro, que tenía grandes alas. Y el tiovivo empezó a dar vueltas, vueltas, y la música se puso a dar gritos entre la gente, como él no vio nunca. Pero aquel tiovivo era tan grande, tan grande, que nunca terminaba su vuelta, y los rostros de la feria, y los tolditos, y la lluvia, se alejaron de él. «Qué hermoso es no ir a ninguna parte», pensó el niño, que nunca estuvo tan alegre. Cuando el sol secó la tierra mojada, y el hombre levantó la lona, todo el mundo huyó, gritando. Y ningún niño quiso volver a montar en aquel tiovivo.

El niño que no sabía jugar

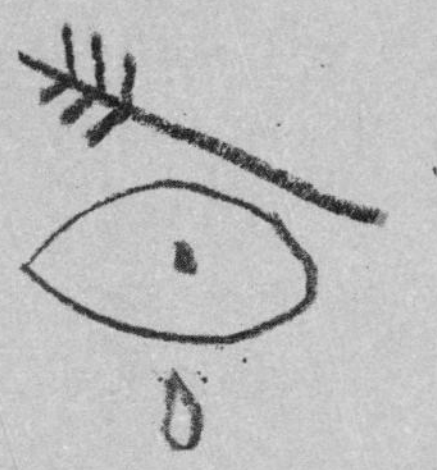

Había un niño que no sabía jugar. La madre le miraba desde la ventana ir y venir por los caminillos de tierra, con las manos quietas, como caídas a los dos lados del cuerpo. Al niño, los juguetes de colores chillones, la pelota, tan redonda, y los camiones, con sus ruedecillas, no le gustaban. Los miraba, los tocaba y luego se iba al jardín, a la tierra sin techo, con sus manitas, pálidas y no muy limpias, pendientes junto al cuerpo como dos extrañas campanillas mudas. La madre miraba inquieta al niño, que iba y venía con una sombra entre los ojos. «Si al niño le gustara jugar yo no tendría frío mirándole ir y venir.» Pero el padre decía, con alegría: «No sabe jugar, no es un niño corriente. Es un niño que piensa».

Un día la madre se abrigó y siguió al niño,

bajo la lluvia, escondiéndose entre los árboles. Cuando el niño llegó al borde del estanque, se agachó, buscó grillitos, gusanos, crías de rana y lombrices. Iba metiéndolos en una caja. Luego, se sentó en el suelo, y uno a uno los sacaba. Con sus uñitas sucias, casi negras, hacía un leve ruidito, ¡crac!, y les segaba la cabeza.

El corderito pascual

Al hijo del ropavejero le regalaron un corderito pascual para jugar con él. El hijo del ropavejero era un niño muy gordo, que no tenía amigos. Los niños del albañil, los del contable, los del zapatero, se reían de su barriga, de sus mofletes, de su repapada; y le llamaban gorrino, barril de cerveza, puerco de San Martín. El cordero pascual, en cambio, era blanco y dulce, y le pusieron un lazo verde al cuello. El hijo gordo del usurero, ropavejero, compraventa, salía a pasear junto a la tapia soleada, en busca de las hierbecillas del solar, llevando tras sí a su amigo corderillo, que tenía una mirada como no vio nunca a nadie el hijo del ropavejero. Llegaron los días de las golondrinas, de los nidos en el tejado, de la hierbecilla tierna, de los niños que venían a dejarse el abrigo a la tienda del ropavejero. De niños que, al quitarse el abrigo, se quedaban muy estrechos, muy delgados, en sus chalecos de punto, con las mangas cortas, con las muñecas desnudas. De niños que se iban luego a la plaza, junto al capazo de la madre, con los dos duros de la compra, llorando un poco porque no había llegado el sol del todo. Llegaron los días con niños de la mano, medio a rastras, con niños despojados, de ojos redondos, con niños de dos duros, de siete pesetas, de «esto no vale nada». Los abriguitos y los pantalones de lana se amontonaban en las estanterías, junto a la naftalina, junto a las palabras de «esto no vale nada», «esto tiene una mancha», «esto está roto». El niño gordo del ropavejero besaba las orejillas del cordero pascual, del amigo que no le llamaba cerdo, cebón, barril de cerveza. Y el día de Pascua, cuando el niño del ropavejero se sentó a la mesa llena de cuchillos y de sol sobre el mantel, vio de pronto los dientes de papá, los grandes y blancos dientes de papá-ropavejero, papá-compra-venta-no-vale-nada-prestamista--siete-pesetas-está-roto. Y el niño gordo saltó de la silla, corrió a la cocina con el corazón en la boca y vio, sobre una mesa, despellejada, la cabeza de su amigo. Mirándole, por última vez, con aquella mirada que no vio nunca en nadie.

El niño del cazador

El niño del cazador iba todos los días a la montaña, detrás de su padre, con el zurrón y el pan. A la noche volvían, con cinturones de palomas y liebres, con las piernas salpicadas de gotitas rojas, que, poco a poco, se volvían negras. El niño del cazador esperaba en el chozo de ramas, oía los tiros y los contaba en voz baja. A la noche, tropezando con las piedras, sentía los picos de las palomas, de las perdices y las codornices, de los tordos, martilleando sus rodillas. El niño del cazador soñaba hasta el alba en cacerías con escopetas y con perros. Una noche de gran luna, el niño del cazador robó la escopeta y se fue en busca de los árboles, camino arriba. El niño cazó todas las estrellas de la noche, las alondras blancas, las liebres azules, las palomas verdes, las hojas doradas y el viento puntiagudo. Cazó el miedo, el frío, la oscuridad. Cuando le bajaron, en la aurora, la madre vio que el rocío de la madrugada, vuelto rojo como vino, salpicaba las rodillas blancas del tonto niño cazador.

La sed y el niño

El niño que tenía sed iba todas las tardes, con su pan y su chocolate, hasta la fuentecita redonda del surtidor. Alrededor de la fuente la tierra olía húmeda, con huellas de pájaro. El niño que tenía sed abría la boca sobre el surtidor y el agua le cosquilleaba el paladar. Le borraba el chocolate, el pan, y la hora de la merienda.

Una tarde, el niño que tenía sed no encontró agua. Empezó a buscar y rebuscar en el caño oxidado de la fuente, que le miraba con su único ojo ciego, muy triste. En torno, la tierra estaba seca, como el paladar del niño, y los pájaros piaban dando saltos, llenos de irritación.

—¿Qué se hizo del surtidor? —preguntó el niño, con ojos severos.

—Se lo llevaron los hombres —dijo el pájaro gris, el más áspero—. Lo condujeron a otro lado, y nunca, nunca volverá.

El niño que tenía sed fue todas las tardes con su paladar seco, lleno de polvo, a mirar el ojo vacío de la fuente. Poco a poco, el niño palidecía. No bebía agua. «Este niño tonto se morirá de sed», decían los hombres, las mujeres. Los perros le miraban con ojos llenos de antigüedad y ladraban largamente: «Este niño tonto se morirá de sed». En cambio, los pájaros no parecían tener motivo alguno de tristeza. Todas las tardes le rodeaban, nerviosos, con ojos redondos y brillantes de alegría salvaje.

El niño se volvió ceniza. Solo era un montoncito de sed. El viento lo esparció, lejos. ¡Quién sabe adónde lo llevaría!

Después, llegaron los hombres y arrancaron el pilón de la fuente. Los pájaros, como un presagio, se escondieron en las ramas de los árboles.

Al día siguiente, el agua brotó del suelo, furiosa, en surtidor muy alto. Ocultos entre las ramas y las hojas, los pájaros movían a uno y otro lado sus negras pupilas. Oyeron la voz del niño tonto. Decía, con grande, con dulce y solemne severidad:

—¿Quién se llevó el pilón de la fuente, la boca sedienta y vacía de mi fuente?

Nadie pudo acallar su voz. El gran surtidor bajó al suelo, alargándose, sin que nadie pudiera detenerlo. La voz del niño tonto que tenía sed bajaba, bajaba todas las tardes, todos los días. Abríase paso, entre árboles y niños que comen pan y chocolate, a las seis y media; a través de la reseca tierra, como un gran paladar, hasta el océano.

El niño al que se le murió el amigo

Una mañana se levantó y fue a buscar al amigo, al otro lado de la valla. Pero el amigo no estaba, y, cuando volvió, le dijo la madre: «El amigo se murió. Niño, no pienses más en él y busca otros para jugar». El niño se sentó en el quicio de la puerta, con la cara entre las manos y los codos en las rodillas. «Él volverá», pensó. Porque no podía ser que allí estuviesen las canicas, el camión y la pistola de hojalata, y el reloj aquel que ya no andaba, y el amigo no viniese a buscarlos. Vino la noche, con una estrella muy grande, y el niño no quería entrar a cenar. «Entra, niño, que llega el frío», dijo la madre. Pero, en lugar de entrar, el niño se levantó del quicio y se fue en busca del amigo, con las canicas, el camión, la pistola de hojalata y el reloj que no andaba. Al llegar a la cerca, la voz del amigo no le llamó, ni le oyó en el árbol, ni en el pozo. Pasó buscándole toda la noche. Y fue una larga noche casi blanca, que le llenó de polvo el traje y los zapatos. Cuando llegó el sol, el niño, que tenía sueño y sed, estiró los brazos, y pensó: «Qué tontos y pequeños son esos juguetes. Y ese reloj que no anda, no sirve para nada». Lo tiró todo al pozo y volvió a la casa, con mucha hambre. La madre le abrió la puerta, y dijo: «Cuánto ha crecido este niño, Dios mío, cuánto ha crecido». Y le compró un traje de hombre, porque el que llevaba le venía muy corto.

El jorobado

El niño del guiñol estaba siempre muy triste. Su padre tenía muchas voces, muchos porrazos, muchos gritos distintos, pero el niño estaba triste, con su joroba a cuestas, porque su padre lo escondía dentro de la lona y le traía juguetes y comida cara, en lugar de ponerle una capa roja con cascabeles encima de la corcova, y sacarlo a la boca del teatrito, con una estaca, para que dijera: «¡Toma, Cristobita, toma, toma!», y que todos se riesen mucho viéndole.

El ahogadito

Cuando llegó el deshielo, al niño que fue en busca de su perro se lo llevó el río. Salieron a recibirle los gatitos ahogados, dentro de su saco, con los ojos llenos de limo; las truchas de plata y el arca hundida de la abuela. El ahogadito lo miraba todo con ojos transparentes, verde pálido como cascotes de botella. Los ojos del ahogadito podían ser ciegos, pero todo se reflejaba dentro, y era más hermoso. Con sus cabellos compactos y flexibles, moviéndose hacia un lado y otro lado, abriéndose como un abanico negro y pegadizo sobre la frente, el ahogadito iba por el agua negra. Con sus ojos de niñas redondas retrataba al cielo, a las ramas de la orilla, a las nubes y a los vencejos que daban gritos en el cielo, como buitres de juguete. Los gatitos que ahogó el colono, dentro de su saco, con la gran piedra dentro, gritaron al sentirle pasar, y los perros de golpes y de pena le siguieron de lejos, entre los mimbres, con la boca abierta como para beber. El ahogadito ya no buscaba a su perro, ni a las monedas que se cayeron al fondo, ni a los hijitos de las ranas, con sus cabezas dramáticas. El ahogadito se iba, río abajo, a la barca de los niños sin nombre, sin bautizar, de los niños que serán niños por toda la eternidad.

El niño de los hornos

Al niño que hacía hornos con barro y piedras le trajeron un hermano como un conejillo despellejado. Además, lloraba.

El niño que hacía hornos vio las espaldas de todos. La espalda del padre. El padre se inclinaba sobre el nuevo y le decía ternezas. El niño de los hornos quiso tocar los ojos del hermano, tan ciegos y brillantes. Pero el padre le pegó en la mano extendida.

A la noche, cuando todos dormían, el niño se levantó con una idea fija. Fue al rincón oscuro de la huerta, cogió ramillas secas y las hacinó en su hornito de barro y piedras. Luego fue a la alcoba, vio el brazo de la madre largo y quieto sobre la sábana. Sacó de allí al hermano y se lo llevó, en silencio. Prendió su hornito querido y metió dentro al conejo despellejado.

Mar

Pobre niño. Tenía las orejas muy grandes, y, cuando se ponía de espaldas a la ventana, se volvían encarnadas. Pobre niño, estaba doblado, amarillo. Vino el hombre que curaba, detrás de sus gafas. «El mar —dijo—; el mar, el mar.» Todo el mundo empezó a hacer maletas y a hablar del mar. Tenían una prisa muy grande. El niño se figuró que el mar era como estar dentro de una caracola grandísima, llena de rumores, cánticos, voces que gritaban muy lejos, con un largo eco. Creía que el mar era alto y verde.

Pero cuando llegó al mar se quedó parado. Su piel, ¡qué extraña era allí!

—Madre —dijo, porque sentía vergüenza—, quiero ver hasta dónde me llega el mar.

Él, que creyó el mar alto y verde, lo veía blanco, como el borde de la cerveza, cosquilleándole, frío, la punta de los pies.

—¡Voy a ver hasta dónde me llega el mar! —Y anduvo, anduvo, anduvo. El mar, ¡qué cosa rara!, crecía, se volvía azul, violeta. Le llegó a las rodillas. Luego, a la cintura, al pecho, a los labios, a los ojos. Entonces, le entró en las orejas el eco largo, las voces que llaman lejos. Y en los ojos, todo el color. ¡Ah, sí, por fin, el mar era verdad! Era una grande, inmensa caracola. El mar, verdaderamente, era alto y verde.

Pero los de la orilla, no entendían nada de nada. Encima, se ponían a llorar a gritos y decían: «¡Qué desgracia! ¡Señor, qué gran desgracia!».

ÍNDICE

Esta edición de *Los niños tontos* presenta por primera vez el libro en su versión definitiva. Reúne los veintitrés relatos breves que Ana María Matute escribió, veintiuno de ellos publicados en su momento y dos inéditos hasta ahora: «El ahogadito», eliminado por la censura en 1956, y «El otro niño tonto», publicado en 1953 en una revista pero nunca antes incorporado al conjunto.